Alice através do espelho

Copyright © 2008 Lecticia Dansa (texto)
Ilustrações © Salmo Dansa

Todos os direitos reservados pela Autêntica Editora Ltda.
Nenhuma parte desta publicação poderá ser reproduzida,
seja por meios mecânicos, eletrônicos, seja via cópia xerográfica,
sem a autorização prévia da Editora.

EDIÇÃO GERAL
Sonia Junqueira

EDIÇÃO DE ARTE E PROJETO GRÁFICO
Diogo Droschi

REVISÃO
Marta Sampaio

Dados Internacionais de Catalogação na Publicação (CIP)
(Câmara Brasileira do Livro, SP, Brasil)

Dansa, Lecticia
    Alice através do espelho / Lewis Carroll ; adaptação Lecticia Dansa ;
ilustração Salmo Dansa. -- 3. ed. -- Belo Horizonte : Yellowfante,
2021.

    ISBN 978-65-88437-06-3

    1. Literatura infantojuvenil I. Dansa, Lecticia. II. Dansa, Salmo. III. Título.

21-55632   CDD-028.5

Índices para catálogo sistemático:
1. Literatura infantil 028.5
2. Literatura infantojuvenil 028.5

Aline Graziele Benitez - Bibliotecária - CRB-1/3129

A **YELLOWFANTE** É UMA EDITORA DO **GRUPO AUTÊNTICA**

Belo Horizonte
Rua Carlos Turner, 420
Silveira . 31140-520
Belo Horizonte . MG
Tel.: (55 31) 3465 4500

São Paulo
Av. Paulista, 2.073 . Conjunto Nacional
Horsa I . Sala 309 . Cerqueira César
01311-940 . São Paulo . SP
Tel.: (55 11) 3034 4468

www.editorayellowfante.com.br
SAC: atendimentoleitor@grupoautentica.com.br

Lewis Carroll

3ª EDIÇÃO

RELEITURA EM VERSOS LECTICIA DANSA ✦ ILUSTRAÇÕES SALMO DANSA

Yellowfante

Sumário

I	A Casa do Espelho	8
II	O Jardim Vivo	12
III	Os Insetos do Espelho	18
IV	Tweedle Dum e Tweedle Di	24
V	Lã e Água	30
VI	Humpty Dumpty	36
VII	O Leão e o Unicórnio	46
VIII	É Invenção Minha!	52
IX	A Rainha Alice	60
X	Sacudidela	66
XI	De Quem Foi o Sonho?	74
	Os Autores	79

I

A Casa do Espelho

1 Numa casa, uma menina
e três gatinhos viviam:
um branco, um preto e a mãe,
felizes, se divertiam.

2 O branco tomava banho,
o preto, feliz, brincava,
a menina, sonolenta,
no sofá se esparramava.

3 Alice às vezes jogava
sozinha, sem ter parceiro,
enquanto Kitty espiava
as peças do tabuleiro.

4 Brincando de faz de conta,
ela o convida a jogar:
– Será a Rainha Branca,
se os braços você cruzar.

5 Como gato não tem braços,
Kitty não pôde cruzar
as patas, o que fez Alice
muito zangada ficar.

6 – Se não cruzar as patinhas
e seguir o meu conselho,
vou atirá-lo, sem pena,
dentro da Casa do Espelho.

7 Curiosa, Alice pensa:
"Vai ser espetacular
ver tudo do lado oposto.
Ah! Eu também vou entrar".

8 Assim pensando, a menina
subiu pela chaminé,
entrou na Casa do Espelho
só pra saber como é.

9 Muito surpresa, ela encontra
na casa, desarrumadas,
várias peças de xadrez
dentro das cinzas jogadas.

10 Logo descobre que as peças
vivas e alegres estavam.
E então percebe, perplexa,
que, aos pares, passeavam.

11 Quando pra mesa ela olhou,
um livro ali descobriu.
Era um livro do Espelho,
que a menina logo abriu.

12 Estava quase ilegível:
entender não conseguiu.
Virando do lado oposto
este trecho Alice viu:

Era um monstro Pargarávio
com cauda longa, pés de pato, unhas que fincam e
dentes que mordem.
Ao catarde, os filhugas e filgaios
ficavam muito infelizes, pois o terronstro
furava buracos nas encorros, e os pobhotes
morriam de medo de que eles destruninhos.
Mas um coramoço apareceu
com sua espada certeira e finalmente matou o
Pargarávio. Bravo! O coramoço descansou na paz de
quem tem a certeza do dever cumprido. Ele riu.
A tarde ficou mainda e o solceuvo.

13   Apesar de achar bonito,
     Alice não compreendeu.
     Foi visitar o jardim
     e a história esqueceu.

II

O Jardim Vivo

1 E quando ela resolveu
o jardim ir visitar,
de repente se perdeu
sem ter como se encontrar.

2 Mas logo avistou um Lírio
e decidiu perguntar
como encontrar o caminho
aonde queria chegar.

3 – Pena que todas as flores
não sabem também falar!
– Falamos, sim – disse a Rosa –,
se quer, pode perguntar.

4 A Violeta, atrevida,
também veio, interessada,
depois veio a Margarida,
com uma conversa fiada.

5 Alice diz: – Eu já vi
jardins muito interessantes,
coloridos, perfumados,
mas nunca flores falantes.

6 – Lá vem ela – disse o Goivo.
(O Goivo é uma plantinha.)
Ele falava com Alice
referindo-se à Rainha.

7 Ela era a Rainha Preta,
sua velha conhecida,
agora bem mais corada
e também bem mais crescida.

8 – São os ares do jardim
que fazem bem – disse a Rosa.
– O ar é maravilhoso,
falou a flor, orgulhosa.

9 Despediu-se com um adeus
e um sorriso a menininha.
Virou as costas pras flores
e dirigiu-se à Rainha.

10 – Um momento, garotinha,
não é esse o itinerário.
Se quer falar com a Rainha,
vá pelo lado contrário.

11 A principio ela hesitou,
mas depois obedeceu.
– A Rosa é experiente
e sabe mais do que eu...

12 De repente, face a face
com a Rainha se encontrava,
e justo em cima do morro
que há tanto procurava.

13 Por algum tempo, a menina
bem calada permanece,
apreciando a paisagem
que aos seus olhos aparece.

14 A deslumbrante paisagem
logo encantou a criança,
que percebeu com o xadrez
uma incrível semelhança:

15 corriam em paralelo,
numerosos riozinhos,
cortando-se uns aos outros
em forma de quadradinhos.

16 — Este mundo é um tabuleiro!
— ela falou, com emoção.
— Eu quero ser uma peça,
mesmo que seja um peão!

17 — Comece logo a jogar
— falou a Rainha, então.
— Tente a segunda fileira,
se quiser ser um peão.

18 — Na verdade, ser peão
nunca foi vontade minha.
O que eu queria de fato
era ser uma rainha.

19 — Muito tem de caminhar
e jogar, minha amiguinha,
pois só na oitava fileira
conseguirá ser rainha.

20 Alice não respondeu
e, mesmo sem perceber,
pegou na mão da Rainha
e começou a correr.

21 Quanto mais ela corria
(Coitada! Corria à beça!),
mais a Rainha dizia:
— Mais depressa! Mais depressa!

22 Alice então percebeu,
    já bem perto de chegar,
    que apesar do que correu
    ficou no mesmo lugar!

23 – Na minha terra, quem corre –
    falou Alice, arquejante –
    sempre chega a algum lugar,
    com certeza, mais distante...

24 Foi quando a Rainha disse:
    – Vou lhe dar minha instrução.
    Entre na segunda casa,
    como faz todo peão.

25 Dali, passar pra terceira
    e pra quarta, sem demora,
    parece uma brincadeira. –
    Deu adeus e foi embora.

III

Os Insetos do Espelho

1 Alice teve a impressão
   de ver abelhas gigantes,
   que estavam sugando as flores,
   porém, eram elefantes.

2 Quis olhar os elefantes
   (essas "abelhas" sem asa),
   mas preferiu, nesse instante,
   pular pra terceira casa.

3 – Seus bilhetes, por favor –
   disse o guarda na janela.
   Todos tinham seus bilhetes,
   Alice não tinha o dela.

4 O guarda, com o telescópio,
   olhava-a pela janela.
   Depois foi com o microscópio:
   não tirava os olhos dela.

5 O trem corria ligeiro,
   sempre aos trancos e barrancos.
   Diante dela, um senhor,
   vestido de papel branco,

6 tinha uma cabra ao seu lado,
   que falou, com ironia:
   – Ela devia saber
   onde é a bilheteria!

7 Logo atrás veio um besouro,
   que, metendo-se no meio,
   foi dizendo: – Tem de ir
   para o lugar de onde veio!

8 E no momento em que Alice
encontrava-se em perigo,
uma voz doce lhe disse:
– Sou um inseto, seu amigo!

9 – Ora, que espécie de inseto?
– disse ela, amedrontada.
Porém o trem apitou,
e ela não ouviu mais nada.

10 Naquele instante, um riacho
de repente Alice viu.
E pular pra quarta casa
era mais um desafio.

11 Ao lado do Pernilongo,
que lhe deu carinho e amor,
conversa sobre os insetos
e o Cavalo Voador.

12 Falam sobre as borboletas,
falam sobre as mariposas,
falam sobre a vida deles
e também sobre outras coisas.

13 Uma bonita amizade
entre o dois aconteceu.
Mas um desentendimento
a amizade estremeceu.

14 Uma lágrima em seus olhos
de repente, apareceu,
e o inseto, de tristeza,
suspirou, se dissolveu.

15 Alice se encontra agora
de novo na solidão,
no meio de uma floresta,
com medo da escuridão.

16 Mas pensa: "Não poderia
a oitava casa atingir
se não tivesse vontade
de para a frente seguir".

17 Reuniu toda a coragem
e seguiu o seu caminho.
E no meio da viagem
encontrou um Veadinho.

18 Chamou-o pra conversar,
mas o animal recuou.
Porém, passado algum tempo,
o seu nome perguntou.

19 – Eu já não tenho mais nome –
respondeu, sem vaidade –,
esqueci como me chamo,
perdi minha identidade.

20 – Não pode ser, pense bem! –
tornou ele docemente.
Alice tentou lembrar –
mas tentou inutilmente.

21 – E você, como se chama? –
perguntou Alice agora.
E o bichinho respondeu:
– Só posso dizer lá fora.

22 Feliz com o novo amiguinho,
e com o coração em festa,
abraçada ao Veadinho,
Alice deixa a floresta.

23 Chegam a um campo aberto,
onde o Veado, feliz,
dá um pinote no ar
e, muito contente, diz;

24 – Alice, eu sou um Veado,
e você é uma menina!
E, com um olhar assustado,
disparou pela campina.

25 – Já sei, eu me chamo Alice!
Estou feliz pra valer!
– contente, a menina disse.
– Nunca mais vou esquecer!

IV

Tweedle Dum e Tweedle Di

1 À sua frente, dois postes
apareceram então.
Com cartazes bem legíveis,
mostravam a direção.

2 As letras eram iguais;
entretanto, cada um
tinha um nome diferente:
Tweedle Di, Tweedle Dum.

3 – Quem serão, quero saber,
Tweedle Dum e Tweedle Di?
Eles têm que me dizer
como eu vou sair daqui!

4 Assim pensando, a menina,
depois de andar um pouquinho,
encontrou, sob uma árvore,
dois meninos bem gordinhos.

5 Finalmente, distinguiu,
olhando-os um a um,
escritos nos colarinhos,
os seus nomes: Di e Dum.

6 Fitando os dois, a menina
começa, então, a falar:
– Preciso sair daqui
antes da noite chegar!

7 – Poderiam, meus amigos,
por favor, me indicar
qual é o melhor caminho
pra sair deste lugar?

8 – Você errou, não sabia?
Em qualquer situação,
primeiro se dá "Bom-dia"
e depois se estende a mão

9 – foi assim que Dum falou,
estendendo a sua mão
para Alice – e abraçou
com carinho, o seu irmão.

10 Em derredor de uma árvore,
começaram a dançar
ao som de uma melodia
que se ouvia no ar.

11 Alice agora dançava
abraçada aos dois meninos,
e a árvore transformava
seus galhos em violinos.

12 Enquanto ali se ouvia
a belíssima canção,
o ar inteiro se enchia
de êxtase e emoção.

13 Cansados, eles pararam,
e a canção emudeceu.
E os dois irmãos nem notaram
que a menina adormeceu.

14 De repente, um ruído
fez Alice despertar.
Seriam leões ou tigres? –
ficou ela a imaginar.

15 Mas Di falou: – É o barulho
do Rei Vermelho roncando.
Ele ronca quando sonha,
e por certo está sonhando.

16 – Ele sonha com você –
disse Dum –, não é bobagem!
Você, dos sonhos do Rei,
é uma mera personagem...

17 – Quer dizer, você, menina,
agora não é ninguém,
pois quando o sonho termina
você termina também.

18 Alice ficou zangada
e começou a chorar:
– Só quero sair daqui
antes da noite chegar!

19 – Está vendo aquele pano
bem perto da cerejeira? –
falou Dum. – Não é um trapo,
trata-se de uma bandeira.

20 Por causa dessa bandeira
surgiu uma discussão.
E então Dum para um duelo
desafiou o irmão.

21 Mas na hora da contenda
os dois ficaram doentes:
um tinha dor de cabeça,
outro tinha dor de dentes...

22 Nesse instante, na verdade,
de repente anoiteceu,
e uma grande nuvem negra
lá no céu apareceu.

23 – É um corvo! – falou Dum
quando bem de perto o viu.
E correndo pra floresta
seguido de Di, fugiu.

24 A menina, amedrontada,
pra mata também correu.
E, entre os galhos das árvores,
do animal se escondeu.

25 Avistou, nesse momento,
alguma coisa no ar.
E exclamou, batendo palmas:
– É um xale, vou pegar!

V

Lã e Água

1 Eis então que a menininha,
trazendo o xale na mão,
encontra a Branca Rainha
vindo em sua direção.

2 – Estou feliz, de verdade,
de seu xale encontrar,
e a Vossa Majestade
assim poder ajudar.

3 – Quisera eu também poder –
tristonha, a Rainha diz –
alegrar-me se quiser,
quando quiser, ser feliz.

4 Nesse instante, a garotinha
ficou tão emocionada,
que uma lágrima rolou
em sua face corada.

5 – Não faça isso, não chore! –
– falou, bondosa, a Rainha –,
você é uma menina grande,
já não é mais criancinha.

6 – Pense em tudo o que hoje fez,
no que vai fazer agora,
e pense na sua idade,
porque, se pensar, não chora.

7 Então, a Rainha disse:
– Que idade você tem?
– Sete anos – disse Alice.
– Eu já tenho mais de cem...

8   Alice morreu de rir:
    – Eu não posso acreditar!
    Crer em coisas impossíveis,
    Majestade, não vai dar!

9   – Quando eu tinha a sua idade,
    pode ter certeza, eu cria
    em muita coisa impossível,
    Meia hora, todo dia!

10 Alice esfregou os olhos
    e os abriu novamente.
    E o que ela descobriu
    pareceu surpreendente:

11 ela estava em uma loja,
    bem em frente a um balcão.
    Do outro lado, a lojista
    que não era gente, não...

12 ...era – pasme! – uma ovelha
    que fazia seu tricô.
    Com o olhar fixo nela:
    – O que deseja? – indagou.

13 A loja estava bem cheia
    de coisas nas prateleiras,
    que iam de um lado ao outro.
    Parecia brincadeira!

14 – Sabe remar? – para Alice
    a Ovelha perguntou,
    entregando-lhe uma agulha
    que em remo se transformou.

15 Alice se encontra agora
encarando um desafio:
dentro de um bote com a Ovelha
e entre as margens de um rio!

16 O bote ia navegando,
numa bonita viagem
por entre plantas aquáticas:
era linda a paisagem!

17 Foi quando Alice sentiu
suave aroma de flor
e, docemente, pediu:
– Dê-me algumas, por favor!

18 Mas a Ovelha, indiferente,
continua a tricotar:
– Não fui eu quem pôs aí,
não sou eu quem vai tirar.

19 – Que linda! – Alice exclamou.
E a flor, altiva, seguia.
Quanto mais linda era a flor,
tanto mais dela fugia.

20 – Que pena! Rapidamente
irão murchar, eu suponho,
pois derretem como a neve
porque são flores de sonho.

21 Tudo mudou de repente,
e, junto com a Ovelhinha,
ela se vê, novamente,
dentro da antiga lojinha.

22 – Eu quero comprar um ovo.
Que preço vai me custar?
– Cinco níqueis por um ovo,
Um níquel se dois levar.

23 – Então eu quero só um –
e, assim dizendo, pagou
cinco níqueis, que a Ovelha
muito depressa guardou.

24 A loja era muito escura,
e Alice não conseguia
pegar o ovo, porque
ele pra longe fugia.

25 – Que esquisito! – Alice diz –,
eu nunca vi coisa assim:
tudo está criando galhos
e folhas perto de mim!

VI

Humpty Dumpty

1 Outro rio apareceu,
agora, subitamente,
e o ovo foi crescendo...
crescendo... e virando gente.

2 Tinha olhos, tinha boca,
e a menina percebeu
que era Humpty Dumpty,
velho conhecido seu.

3 Para chamar a atenção,
Alice falou baixinho,
querendo puxar conversa:
– Por que fica tão sozinho?

4 – Por que fico assim sozinho?
– perguntou de novo o amigo.
– Será que não compreende?
Ninguém quer ficar comigo...

5 – Que bonito cinto tem!
– ela disse à criatura.
– Mas... é cinto ou é gravata?
É pescoço ou é cintura?

6 – É uma gravata – ele disse,
não está vendo, amiguinha?
Foi presente do Rei Branco,
juntamente com a Rainha.

7 – Eles me deram o presente
sem olhar o calendário –
falou ele, amavelmente.
– É de desaniversário.

8 — O que você está dizendo,
meu amigo, é imaginário!
Pois eu prefiro ganhar
presente de aniversário.

9 — Você não sabe o que diz,
veja bem o seu engano:
presente de aniversário
é só uma vez por ano...

10 — Você é muito inteligente —
sorrindo, falou Alice.
— Eu concordo plenamente
com tudo o que você disse.

12 — Já que é assim tão sabido,
poderia decifrar
este trecho pargarávio
que agora vou recitar?

Era um monstro Pargarávio, com cauda longa, pés de pato, unhas que fincam e dentes que mordem. Ao catarde, os filhugas e filgaios ficavam muito infelizes, pois o terronstro furava buracos nas encorros, e os pobhotes morriam de...

13 Interrompendo, ele disse:
— "Catarde", pra começar,
quer dizer "cair da tarde",
antes da noite chegar.

14 — E "filhugas" e "filgaios"? —
ansiosa, indaga Alice.
— Filhotes de tartaruga,
e papagaio, ele disse.

15 – Com relação a "terronstro",
eu acho que adivinhei:
quer dizer "monstro terrível".
Será que eu acertei?

16 – Acertou. E eu vou dizer
o que é "encorros", "pobhotes":
é na "encosta dos morros"
que ficam os "pobres filhotes".

17 – "Destruninhos, coramoço" –
falou o amigo, orgulhoso –,
"destruição de seus ninhos"
e "moço bem corajoso".

18 – Agora estou entendendo!...
Só está faltando "mainda".
E Humpty foi dizendo:
– Significa "mais linda".

19 – Finalmente, "solceuvo",
acho que já entendeu:
sabe que significa
que "de novo o Sol nasceu".

20 Respondendo à gentileza,
Alice sentou no chão
só para ouvir do amigo
mais esta recitação:

Conto esta história em sua homenagem agora que sinto a aragem do inverno. Na primavera, quando o mato cheira a incenso, eu digo o que penso com a minha voz fraca...

21 – Esse caso tão brejeiro
que neste momento ouvi,
perdoe-me, companheiro,
mas quase não entendi...

22 – Não se preocupe, amiga,
e nem faça mais alarde.
Se não entendeu agora,
por certo o fará mais tarde.

E continuou:

*Mandei recado aos peixes, dizendo o que queria,
e eles responderam em seguida e mandaram-me
pregar prego em outra freguesia...*

23 Ao recitar esses textos
muito alto, quase aos gritos,
ele achou que ficariam,
com certeza, mais bonitos.

24 Mas ela não percebeu
seu sentido mais profundo:
– Não seria o mensageiro
por nada, nada no mundo!...

25 Porém, desse comentário
o amigo não gostou,
e o seu recitativo
por ali ele parou.

26 Alice, admirada,
perguntou: – Por que parou,
se esse texto está no meio
e ainda não terminou?!

27 Mas ele, com um "até logo",
respondeu-lhe secamente:
– Não a reconhecerei
se a encontrar novamente.

28 A menina, tristemente,
logo quis saber por quê.
– Porque todas as meninas
se parecem com você.

29 – Sou única neste mundo –
respondeu a menininha –,
ninguém, na face da Terra,
tem a cara igual à minha.

30 – Pois saiba que você tem –
zangado, Humpty diz –
dois olhos e uma boca
bem embaixo do nariz...

31 – De todos os malcriados
que encontrei neste país,
por certo Humpty Dumpty
é o pior! – ela diz.

VII

O Leão e o Unicórnio

1. Mas aquele pensamento
Alice não concluiu,
pois de súbito um tropel
a floresta invadiu.

2. E assim, algo interessante
a menina descobriu:
soldados cambaleantes
como antes nunca viu.

3. Soldados iam caindo,
e cavalos, de montão,
espalhados na floresta,
espatifavam-se ao chão.

4. Alice avista o Rei Branco,
que, sorrindo, diz assim:
– Você viu os meus soldados?
Alice falou que sim.

5. – Não mandei para a floresta
dois cavalos, desta vez,
pois eles são necessários
para o jogo de xadrez.

6. E quanto aos dois mensageiros,
Ciro e Cairo, na verdade,
também não pude mandar,
pois foram para a cidade.

7 De repente, ela avistou
uma grande multidão.
E, no meio dessa gente,
o Unicórnio e o Leão.

8 E mais adiante ainda,
Cairo, o mensageiro, chega.
Ele vem tomando chá,
comendo pão com manteiga.

9 Ciro chega, e para Alice
explica a situação:
– É que o outro mensageiro
hoje saiu da prisão.

10 – E lá não existe bebida
nem tampouco alimento.
É só por isso que Cairo
está faminto e sedento.

11 Houve uma pausa na luta
do Unicórnio e do Leão.
Os dois, com as línguas de fora,
assentaram-se no chão.

12 – Dez minutos de descanso!
– grita o Rei. A garotinha
permaneceu em silêncio,
mas logo viu a Rainha.

13 — Olhe! Lá vem a Rainha!
Ela vem correndo à beça,
ela está quase voando!
Como sabe andar depressa!

14 É quando chega o Unicórnio,
falando, todo orgulhoso:
— Desta vez, ganhei a luta!
Mas o Rei falou, nervoso:

15 — Na barriga dele, o chifre
devias ter enfiado!
— Não quis machucá-lo — disse,
olhando Alice, espantado.

16 — O que é isso? — perguntou
o Unicórnio, impaciente.
— Isso é só uma menina,
e está viva, realmente.

17 Curioso, o Unicórnio,
atentamente a examina
como a um ser do outro mundo
e lhe diz: — Fale, menina!

18 Ao que Alice respondeu:
— Eu também sempre pensei
que não fosses deste mundo,
mas vejo que me enganei.

19 — Agora, nós dois sabemos
que existimos de verdade.
Nós não somos fantasia,
nós somos realidade!

20 E voltando-se pro Rei:
— Que venha logo o pudim!
Abra logo essa sacola,
tire um pedaço pra mim.

21 É quando chega o Leão
e pergunta, de repente:
— Estão querendo dizer
que essa coisa aí é gente?

22 — Nem é coisa, nem é gente —
o Unicórnio explicou.
— Ela é um monstro de fábula —
disse isso e se calou.

23 — Nesse caso — o Leão diz —,
se puder, passe pra mim,
querido monstro de fábula,
um pedaço de pudim!

24 — Bela luta vamos ter! —
o Unicórnio falou.
— Facilmente vou vencer! —
o Leão arrematou.

25 E voltando-se pra Alice,
tranquilo, falou assim:
— Quanto tempo leva o monstro
pra repartir o pudim?

26 Alice ficou tentando
alguns pedaços cortar...
– Esquisito – foi falando –,
eles tornam a se juntar!

27 – Com os doces do Espelho
você não sabe lidar.
Primeiro, tem que servir,
Só depois tem que cortar.

28 Alice achou absurdo
mas o conselho seguiu.
Quando o pudim foi servido,
em partes se dividiu.

VIII

É Invenção Minha!

1. Como num passe de mágica,
tudo de novo sumiu:
o Leão, o Unicórnio...
E a menina refletiu:

2. – Como pode, de repente,
tudo sumir, eu não sei.
Pode ser que seja um sonho –
mas não meu, e sim do Rei.

3. Desconfiada, a menina
resolve o Rei acordar,
mas, nesse momento, um grito
de "Xeque!" vem a escutar,

4. ao mesmo tempo em que veio,
bem em sua direção,
um cavaleiro, e gritou:
– Tá presa! – e caiu no chão.

5. Alice se vê, de novo,
muito perto do perigo,
pois um outro grito ouviu
De um segundo inimigo.

6. O primeiro era vermelho,
e branco era o segundo.
Alice nunca passou
por coisa igual neste mundo.

7 Os dois disputam, então,
a posse da garotinha:
– Eu sou seu dono! – diz um.
O outro diz: – Ela é minha!

8 Pela posse da menina,
lutavam com tal furor,
que ela, atrás de uma árvore,
se aconchegou de pavor.

9 Quando a luta terminou,
logo os dois se levantaram.
Um partiu, outro ficou.
Antes, se cumprimentaram.

10 Sem entender o porquê
da luta, ela disse assim:
– Na verdade, o que eu desejo
é ser rainha, isso sim...

11 – Quando o próximo regato
a menina atravessar,
ao extremo da floresta,
segura, eu vou te levar.

12 – Você, por certo, será
a nossa rainha, então.
Por isso é que estou aqui.
Essa é a minha missão.

13 Parecia satisfeito
quando pousou em Alice
seus belos olhos azuis
muito cheios de meiguice.

14 – Parece-me que o amigo
não é um bom cavaleiro...
Perdoe-me se lhe digo,
porém, cai o tempo inteiro!

15 – É que o segredo da arte
de cavalgar – disse a ela –
é conservar-se em perfeito
equilíbrio sobre a sela.

16 Assim dizendo, abre os braços,
pra uma demonstração.
Mas, nesse exato momento,
espatifa-se no chão.

17 Alice mudou de assunto:
– Lindo elmo você tem!
– De fato, é maravilhoso...
– É sua invenção também?

18 – É – falou o cavaleiro –,
ele é minha proteção.
Torna uma queda menor,
sempre que caio no chão.

19 – Certa vez o meu rival,
com grande convicção,
colocou-o na cabeça,
por vê-lo jogado ao chão.

20 – E eu estava, minha amiga,
veja que situação,
entalado dentro dele,
preso na minha invenção.

21 – Eu espero que você,
que é um grande cavaleiro,
tenha dado uns pontapés
no seu rival, no traseiro.

22 – Foi o que fiz – disse a ela.
E começou a falar
de uma nova receita
que acabava de inventar.

23 – Bravo! – gritou a menina –,
a receita quero ouvir!
Mas o moço respondeu:
– Está na hora de partir!

24 – Finalmente, minha amiga,
chegamos nós dois agora
ao extremo da floresta.
E temos que ir embora.

25 – É hora de, infelizmente,
a gente se despedir.
Mas quero que uma modinha
ouça, antes de partir.

26 Assim disse o cavaleiro.
E, com um riso de alegria,
olhando para a menina,
começou a cantoria.

27 De tudo o que Alice viu
nesta belíssima história,
a cena que não saiu
jamais de sua memória

28 foi o lindo cavaleiro,
dentro de sua armadura,
seus belos olhos azuis
e seu olhar de ternura.

29 Em seguida, ele falou,
ao terminar a modinha:
– É só seguir morro abaixo.
No final, será rainha!

30 – Mas espere um só momento,
até que eu desapareça.
Depois me acene com um lenço,
dê um adeus e me esqueça.

31 – Eu creio que o satisfiz! –
   diz, contente, a menininha.
   Finalmente, estou feliz:
   agora serei rainha!

32 E voando, ofegante,
   como se tivesse asas:
   – Viva! – exclama, radiante –,
   já estou na oitava casa!

33 Sentiu, ao pular o rio,
   alguma coisa pesada
   cair-lhe sobre a cabeça:
   uma coroa dourada!

IX

A Rainha Alice

1 Falando consigo mesma:
— Agora eu sou majestade.
Não é próprio de rainha,
sentar na grama, à vontade.

2 E olhando para a Preta
Rainha, ela perguntou:
— Poderia me dizer
se o jogo já terminou?

3 Mas não pôde concluir,
a Rainha interrompeu:
— Só responda quando for
interrogada, entendeu?

4 — Se eu fosse uma rainha,
mas rainha de verdade...
— Tolice, minha amiguinha,
são coisas da sua idade.

5 Disse a dama: — Que direito
tem você de se julgar
uma rainha de fato
antes do exame prestar?

6 — Pois faça isso, amiguinha,
o mais depressa que puder,
pois jamais será rainha
se o exame não fizer.

7 — Eu não julguei que... — dizia
a menina com inocência.
E a Rainha a interrompia
de novo, com impaciência:

8 — O que aborrece em você —
nervosa, a Rainha diz —
é você viver julgando...
Julgar é para juiz!

9 Falou a Rainha Preta:
— Já está me dando canseira!
Penso que não aprendeu
lições de boas maneiras.

10 — Majestade, não entendo
a sua observação.
Acho que boas maneiras
não se aprendem em lição.

11 — Em lição nós aprendemos,
agora vou lhe explicar,
a somar, diminuir,
dividir, multiplicar.

12 — Então eu quero saber
se você sabe somar:
Um mais um, mais um, mais um:
quanto é? Pode falar!

13 Nesse momento, a menina,
    na verdade, ficou tonta.
    E disse: – Com tanto um,
    até já perdi a conta.

14 – Já que não sabe somar,
    agora vou conferir:
    de oito, tirando nove,
    você sabe diminuir?

15 Mas a menina responde,
    com toda a dignidade:
    – Sinto, de oito não posso
    tirar nove, Majestade.

16 – Vejo que também não sabe,
    por certo, diminuir.
    Vamos ver se a menina
    sabe ao menos dividir.

17 Divida um pão com uma faca.
    Preste bastante atenção!
    – Pão dividido por faca
    vai dar manteiga com pão.

18 A Rainha já cansada,
    do exame se esqueceu,
    e no colo da menina,
    de repente, adormeceu.

19 E naquele mesmo instante –
que coisa surpreendente! –
as damas foram sumindo...
Sumiram completamente!

20 Bem em frente a um portão,
Alice se encontra agora.
E olhando ao seu redor,
vê-se do lado de fora.

21 E no alto percebeu
(percebeu mas nada disse),
escrito em letras maiúsculas
seu nome: RAINHA ALICE.

22 Alguma dificuldade
ela encontrava pra entrar,
quando um sapo rabugento
apareceu pra ajudar.

23 Então a porta se abriu
toda pra ela, e, enfim,
lá de dentro se ouviu
uma voz dizendo assim:

– Ao mundo maravilhoso do Espelho – falou Alice –, tenho na mão um cetro e na cabeça uma coroa. Que venham todos jantar com a Rainha Vermelha, com a Rainha Branca e comigo! Bebam-se trinta vezes três!

X

Sacudidela

1 Muitos aplausos ouviu.
E Alice pôs-se a pensar:
– A porta pra mim se abriu,
eu acho que vou entrar.

2 Quando Alice penetrou
no espaçoso salão,
surpresa, ali encontrou
uma imensa multidão

3 de animais, pássaros, flores.
Seus amigos, todos lindos,
que não foram convidados
mas que eram muito bem-vindos.

4 Era um enorme banquete,
e três cadeiras havia.
Em duas, estavam as damas;
a terceira era vazia.

5 Alice ocupou-a logo.
O silêncio era envolvente
e dava uma imensa paz
ao lindíssimo ambiente!

6 Foi quando a Rainha Preta,
quebrando o silêncio, disse:
– Perdeu a sopa! – e ordenou
que o carneiro lhe servissem.

7 E voltando-se pra Alice
a Rainha diz: – Primeiro
eu desejo apresentá-la
a esta perna de carneiro.

8 Fez as apresentações
de um modo bem ligeiro:
– Senhor Carneiro... Alice.
Alice... Senhor Carneiro.

9 A perna se ergueu do prato
e amavelmente sorriu.
Alice, da mesma forma,
o sorriso retribuiu.

10 Alice não achou direito
só a Rainha mandar,
e logo arranjou um jeito
de também ela ordenar.

11 E falou: – Tragam o pudim
já, imediatamente!
E um pedaço ofereceu
à Rainha, amavelmente.

12 Mas o pudim, furioso,
exclamou, com ironia:
– Já pensou se de você
eu cortasse uma fatia?

13   Na verdade, essa pergunta
era muito mais que certa
e deixou Alice, agora,
parada, de boca aberta.

14   – Peço um minuto somente!
– a Rainha Preta disse.
– Vamos brindar à saúde
da nossa Rainha Alice!

15   Todos levantaram os copos
pra brindar esse momento.
E Alice fez um discurso,
como agradecimento.

16   E no instante em que Alice
começou a discursar,
sentiu que estava subindo
e flutuando no ar.

17   E então coisas incríveis
começaram a acontecer:
as velas até o teto
dispararam a crescer.

18   Os pratos criaram asas
e começaram a voar.
Os garfos viraram pernas
e começaram a andar.

19   Como aves, os objetos
voavam sem direção.
Alice pensou consigo:
– Que terrível confusão!

20 De repente, ela escutou
um "Méééé!", numa voz fininha.
Era a perna do carneiro
na cadeira da Rainha.

21 E ouviu uma voz que vinha
bem de dentro da terrina.
E lá estava a Rainha
sorrindo para a menina.

22 – Isso tem que acabar! –
falou a menina, então.
E segurando a toalha
deu-lhe um enorme puxão.

23 Foram pratos e talheres,
assados, velas e pão:
tudo rolou mesa abaixo,
se espatifando no chão.

24 E quanto à Rainha Preta,
a culpada do incidente,
virou uma bonequinha
que dançava à sua frente.

25 Alice tentou pegá-la,
pulando em cima da mesa:
– Num gato vou transformá-la,
você pode ter certeza!

26 E enquanto Alice pegava
a boneca, com carinho,
a mesma se transformava
num fofo e lindo gatinho!...

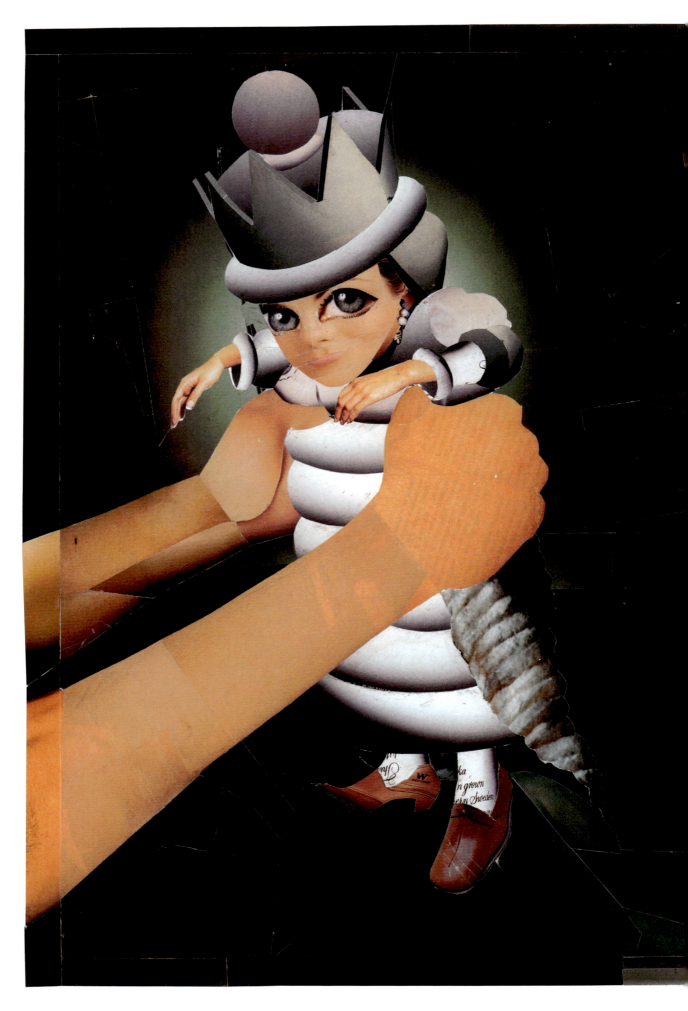

XI

De Quem Foi o Sonho?

1. A menina abriu os olhos
e virou-se para o gato:
– Eu acho que, Majestade,
não deve rosnar tão alto.

2. E olhando o tabuleiro
que estava sobre a mesa,
segura a rainha preta
e pergunta com firmeza:

3. – Vai dizer que você, Kitty,
não era, como eu suponho,
a linda Rainha Preta,
durante todo o meu sonho?

4. E vendo o outro gatinho:
– Olhe, Diná, vou ser franca,
eu acho que seu filhinho
foi mesmo a Rainha Branca.

5. – E quanto a você, Diná –
falou com delicadeza
–, você foi Humpty Dumpty,
mas eu não tenho certeza...

6. De repente, pensativa,
a menina perguntou:
– Tire-me a dúvida, Kitty:
finalmente, quem sonhou?

7 – Quem sonhou, oh! meu gatinho,
com a Casa do Espelho?
Fui eu, foi você ou foi
meu amigo, o Rei Vermelho?

8 Porém àquela pergunta
não respondeu o gatinho.
Apenas lambeu a pata
e esfregou-a no focinho.

9 Eu acho que o gatinho
ficou meio encabulado.
Afinal, meu amiguinho,
qual dos três tinha sonhado?

Lecticia Dansa

Sou carioca, professora aposentada, apaixonada por livros, poesia e música. Autora de ***O segredo da lagartixa***, ***A origem do amor***, ***A fábula da convivência***, ***O Planeta Guerra*** e ***Relógio que atrasa não adianta***.

Este livro é uma releitura, em versos, do clássico ***Alice Através do Espelho*** (ou ***Alice no País do Espelho***, como também é chamado), publicado no século XIX pelo escritor inglês Lewis Carroll.

Quando Salmo e eu começamos este trabalho, confesso que me assustei. O texto era grande e complexo, e, a princípio, não compreendi bem o sentido dele. Mas, à medida que "mergulhava" na história, ia gostando cada vez mais. Terminado o trabalho, o resultado nos agradou muito, e achamos que vai agradá-lo também.

Você vai viajar na história e reconhecer, nos personagens, pessoas que conhece, algumas, até, que fazem parte da sua vida... E, creia, vai aprender muito com eles, pois aqui, como na vida, os sentimentos se confundem: amizade, amor, ódio, alegria, tristeza, medo, insegurança, coragem e até um pouquinho de loucura, para temperar. Você vai se apaixonar por Alice, seus gatinhos e seu jogo de xadrez, como eu me apaixonei.

Salmo Dansa

Sou carioca, *designer* de formação e artista plástico de coração, autor e ilustrador de livros desde 1992. Meu primeiro livro, ***A bomba de chocolate***, foi feito com Manoel Mota, quando eu ainda trabalhava em agências de propaganda, e desde então meu interesse pela literatura infantil e juvenil vem crescendo.

Gosto de ilustrar livros de modo que cada trabalho tenha uma identidade, e essa identidade se enriquece, naturalmente, pela qualidade do texto. Talvez, por isso, fazer uma versão de ***Alice Através do Espelho*** nos tenha feito – Lecticia e eu – dedicar muito tempo para realizá-la. Finalmente, aí está.

As ilustrações foram feitas, em sua maioria, com colagens inspiradas nos maravilhosos desenhos de John Tenniel, o ilustrador original da obra de Lewis Carroll. No entanto, este trabalho partiu da ideia do espelhamento entre as páginas pares e ímpares; então, criei, com páginas de livros, imagens espelhadas, como esculturas de papel, para que você "entre" neste livro como se ele fosse o espelho de Alice...

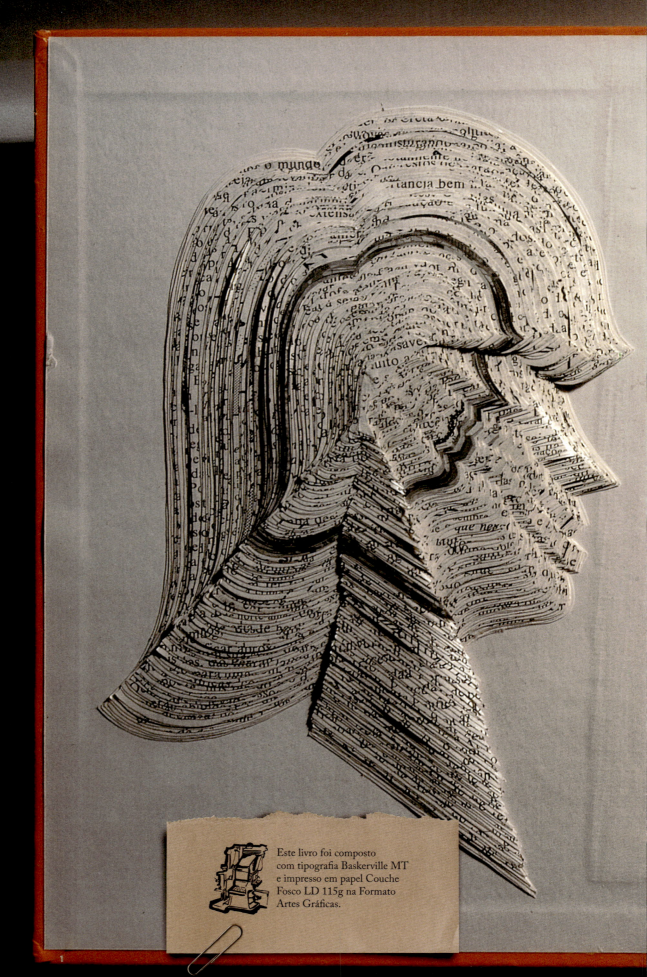

Este livro foi composto
com tipografia Baskerville MT
e impresso em papel Couche
Fosco LD 115g na Formato
Artes Gráficas.